孟襄陽集

［唐］孟浩然 撰
［明］毛晉 校

拾瑶叢書

文物出版社

圖書在版編目（CIP）數據

孟襄陽集 / (唐) 孟浩然撰 ; (明) 毛晉校. -- 北京 : 文物出版社, 2020.7
（拾瑶叢書 / 鄧占平主編）
ISBN 978-7-5010-6427-4

Ⅰ. ①孟… Ⅱ. ①孟… ②毛… Ⅲ. ①唐詩 - 詩集 Ⅳ. ①I222.742

中國版本圖書館CIP數據核字(2019)第274524號

孟襄陽集 〔唐〕孟浩然　撰　〔明〕毛晉　校

主　　編：鄧占平
策　　劃：尚論聰　楊麗麗
責任編輯：李縉雲　李子裔
責任印製：梁秋卉

出版發行：文物出版社有限公司
社　　址：北京市東直門内北小街2號樓
郵　　編：100007
網　　址：http://www.wenwu.com
郵　　箱：web@wenwu.com
經　　銷：新華書店
印　　刷：藝堂印刷（天津）有限公司
開　　本：710mm × 1000mm　1/16
印　　張：11.5
版　　次：2020年7月第1版
印　　次：2020年7月第1次印刷
書　　號：ISBN 978-7-5010-6427-4
定　　價：75.00圓

前言

《孟襄陽集》三卷，唐孟浩然撰，明毛晉校。明末毛氏汲古閣刊《五唐人集》本。每半頁九行，行十九字，左右雙邊，白口，無魚尾。

孟浩然（六八九—七四〇），字浩然，唐代襄州襄陽（今湖北襄陽）人，世稱孟襄陽。早年隱居鹿門山，年四十游京師，應進士不第。玄宗開元二十五年（七三七），張九齡出爲荆州長史，辟爲從事。曾在太學賦詩，名動公卿。王維亦稱道之，并曾私邀入内署。後王昌齡過襄陽，訪之，相見甚歡，食鮮疽發而卒。孟浩然工詩，尤工五言。善寫山水田園景色與隱居的逸興以及羈旅行役的心情，與王維齊名，後世并稱『王孟』。兩《唐書》有傳。

毛晉，明末藏書家。原名鳳苞，後改名晉，字子晉，號潛在、隱湖。江蘇常熟人。早年師從錢謙益，家藏圖書八萬四千餘，多爲宋、元刻本，建汲古閣、目耕樓儲之。曾校刻《十三經》《十七史》《津逮秘書》《六十種曲》等書，流布甚廣，居歷代私家刻書者之首。

此本爲孟浩然詩集，收詩二百六十六首。正文共三卷十類，卷一：游覽、贈答；卷二：

旅行、送別；卷三：宴樂、懷思、田園、美人、時令、拾遺。卷首有王士源撰《孟浩然詩集敘》，每卷前有本卷細目，後綴正文。卷一卷端頂格題『孟襄陽集卷第一』，未署名，次行低一格題『游覽』，版心上鐫『襄陽』，版心中題卷次，版心下題『汲古閣』。卷末有毛晉題識：『余藏襄陽詩甚多，可據者凡三種：一宋刻三卷，逐卷意編，不標類目，共計二百一十首；一元刻劉須溪評者，亦三卷，類分游覽、贈答、旅行、送別、宴樂、懷思、田園、美人、時節、拾遺凡十條，共計二百三十三首；一弘治間關中刻孟浩然者，卷數與宋、元相合，編次互有异同，共計二百一十八首。至近來十二家唐詩及王、孟合刻等，或一卷，或二卷，或四卷，詮次寡多，本本淆譌。予悉依宋刻，以元本、關中本參之，附以拾遺，共得二百六十六首，間有字异句异先後倒者，分注元刻某今刻某，不敢臆改云。湖南毛晉識。』

據此可知，《孟襄陽集》爲毛晉據家藏孟浩然詩集宋三卷本、元刻劉須溪評本、明弘治間關中刻本彙校而成，『依宋刻，以元本、關中本參之』，保留了毛氏校勘記，字异句异，先後倒者，將三本异同皆陳列於後，『分注元刻某今刻某』。此本筆劃粗壯有力，墨色飽滿，印製水準上乘。

《孟浩然詩集》歷有刊刻，傳世最早的刻本屬宋蜀刻《唐六十家集》本，爲十二行本系統。晁公武《郡齋讀書志》卷十七著録《孟浩然詩》一卷，謂其『所著詩二百一十首，宜城處士王士源序次爲三卷，今并爲一。又有天寶中韋縚序』。説明《孟浩然詩集》爲宜城王士源搜求編輯。陳振孫《直齋書録解題》卷十九著録《孟襄陽集》三卷，謂『宜城王士源序之，凡二百十八首，分爲七類，太常卿韋縚重序』。兩者在收詩數量上小异，以上毛氏所藏宋刻孟集三卷本亦收詩二百一十首，可見收詩二百一十首、二百一十八首的兩種本子都有。天寶四年（七四五）王士源應徵至京師，其所編《孟浩然詩集》成書。天寶九年（七五〇）集賢院修撰韋縚爲之作序，并重新繕寫，藏於秘府。

此本爲毛氏汲古閣刊《五唐人集》本，此总集除收孟浩然《孟襄陽集》三卷外，還收孟郊《孟東野集》十卷、附一卷，李紳《追昔游集》三卷，韓偓《香奩集》一卷，温庭筠《金荃集》七卷、別集一卷，共二十六卷。

中國國家圖書館　徐慧

二〇一九年十二月

孟浩然詩集叙

孟浩然襄陽人也骨貌淑清風神散朗救患釋紛以立義灌園藝圃以全高尚交游之中通悅傾蓋機警無匹學不攻儒務

撥著筆文不拘古近以精妙為主詩也不矜奇甚善冒游秋者秋月新霽諸蓋題詩況帶洪龍以白溪要之泛河源諫自潘桂桐及來居嘗至清琅咸以之筌

學不倦為題至和並居河陽張
九齡侍御史兼兆王維
尚書侍郎河東裴耀卿
雲從大理評事河東裴總
兼隆太守滎陽鄭任之太
守河東獨孤冊序之張

為缶形之箋也有採詩更大
守昌黎韓宗謂浩然呆
深詩律實語周則必詠撰
如之頌因大奏之借則先揚
於朝紹日引渴設聯諧我
以田業已修之方則樂了

遑措其後，遂畢夕不寐

西泉呼罷歸，可語張示之

極也。至好樂與名如氏士源

作時當草讚之，曰：蒼謹擬

靈宜生趣，益潛然，諸叢

六日至久不詳，元二十六年 王昌

齡遊襄陽時浩然疾發
背且愈相得歡甚浪情宴
謔食鮮疾動終於冶城南
園年五十有二子曰儀甫浩
然每為詩佇興而作故或
遲行不為飾動求真適故

以談道不為利期以發情也
常恐名不繫於遺編恐
不屈於播石室陛厲也不
結句自照也士源幼好名
山川年來共事太行探業
書經王屋小有洞虛談恒

三希
四

吾宗術通玄之人也蘇公
所以隱居太行遂川太白習
隱訣絳南修亢倉子九篇
天寶四載夏詔書徵諸系
北府過之家居以應討論山
林之士應圖至如知法物故

嗜者素録於代史不之書
而今括詮妙類從法而紀
故詳因及其隱述所詣美矣
囊秘十不絕一遂能凡所屬
綴就輒毀棄無復編録
其自悼為之不逮意也源

屢見前輩至散逸以罕
搜採不已至中秋四方往
往而獲見無他士為之傳以
遂在海內示劉續紳纂集
陽思觀至又善已不備見之
措哉亡集至詩二百一十八首

別為十數份上中六詩或缺逸未成之製與請美及他人訓賜感録之不棄也宣懋王士源撰後學康呈戈汕之至方

孟襄陽集目錄

卷第一

遊覽

別業　陪張丞相登嵩陽樓　陪張丞相登
當陽城樓　陪盧明府泛舟迴作　峴山作
大禹寺義公禪　尋白鶴嵓張子容顏處
士　與杭州薛司戶登樟亭樓作　題終南
翠微寺空上人房　陪栢臺友共訪聰上人
禪居　初春漢中漾舟　尋天台山　彭蠡
湖中望廬山　登總持浮圖　題鹿門山
題明禪師西山蘭若　舟中曉望　從張丞
相遊南紀城獵戲贈裴廸張參軍　陪張丞

贈答

春臥病寄張八　書懷貽京邑同好　贈蕭
少府　贈王九　荆門上張丞相　題李十
四庄兼贈綦毋挍書　示孟郊　同張明府
碧谿贈答　寄趙正字　行至汝墳寄盧徵
君　和張丞相春朝對雪　上張吏部　寄
天台道士　登江中孤嶼贈白雲先生王迥
和盧明府送鄭十三還京兼寄之什　宿
楊子津寄潤州長山劉隱士　和張明府登
鹿門山　題龍門寺寄越府包戸曹徐起居

和張判官登萬山亭因贈洪府都督韓公

孟襄陽集目錄 終卷

孟襄陽集卷第一

遊覽

宿業師山房待丁公不至（時刻宿來公山房期丁大不至）

夕陽度西嶺，羣壑倏已暝。松月生夜涼，風泉滿清聽。樵人歸欲盡，煙鳥棲初定。之子期宿來，孤琴候蘿逕。

耶溪泛舟

落景餘清輝，輕棹（時刻橈）弄溪渚。澄明（時刻泓澄）愛水物，臨泛何容與。白首垂釣翁，新粧浣沙女。看看（時刻相看）

似（時刻未）相識脉脉不得語

聽鄭五愔彈琴（元刻無彈字）

阮籍推名飲清風坐（宋刻滿）竹林半酣下衫袖拂拭龍脣琴一杯彈一曲不覺夕陽沉余（元刻餘）意在山水聞之諧夙心

與諸子登峴山

人事有代謝往來成古今江山留勝迹我輩復登臨水落魚梁淺天寒夢澤深羊公碑尚（宋刻字）在讀罷淚沾（時刻霑宋刻襟）襟

萬山潭（宋刻無萬字）

垂釣坐磐石水清心益（元刻亦）閒魚行潭樹下猿挂（元刻臥）島藤（宋刻蘿）間游女昔解佩傳聞於此山求之不可得沿月棹歌還

春曉（今刻春曉）

春眠不覺曉處處聞啼鳥夜來風雨聲花落知多少（時刻欲知昨夜風花落無多少）

問舟子

向夕問舟子前程無（元刻沒時刻復）幾多灣頭正好（元刻堪）

泊淮裏足風波

臨洞庭宋刻岳陽樓

八月湖水平涵虛混太清氣蒸雲夢澤波撼宋刻動岳陽城欲濟無舟楫端居恥聖明坐觀垂釣者徒宋刻空有羡魚情

晚春

二月湖水清家家春鳥鳴林花掃更落徑艸踏宋刻蹈還生酒伴來相命開樽芺解醒當杯已入手歌妓莫停聲

早發漁浦潭（時刻無早字漁浦宋刻漁流元刻漢浦）

東旭早光茫（時刻光蒼芒）渚禽已驚聒臥聞漁浦口橈聲暗相撥日出氣象分始知江路闊美人常晏起照影弄流沫飲水畏驚猿（宋刻猿驚）祭魚時見獺舟行自無悶況值晴景豁

尋香山堪上人（堪元刻時刻俱作湛）

朝游訪名山山遠在（時刻若）空翠氛氳亘百里日入行始至谷口聞鐘聲林端識香氣（宋刻此二句在若壁饒古意下）杖策尋故人解鞍暫停騎石門殊豁（時刻壑）陰（元刻險）

篁逕轉森時刻湙邃法侶欣相逢清談曉不寐平生
慕眞隱累日求靈元刻探多時刻探靈異野老朝入雲時刻田
山僧莫歸寺松泉多逸時刻清響苔壁饒古意願言
投此山身世兩相棄

晩泊潯陽望廬山元刻時刻望廬山俱作望香爐峯

挂席幾千里名山都未逢泊舟潯陽郭始見香鑪
峯嘗讀遠公傳永懷塵外蹤東林精舍近日莫但
元刻坐時刻空聞鐘

雲門蘭若與友人同往元刻同薛八往符公蘭若時刻雲門寺西

六七里聞符公蘭若最幽與薛八同往

謂余獨宋刻游迷方逢子亦在野結交時刻遊指松栢問法尋蘭若小溪劣容舟怪石元刻時刻俱作石怪屢驚馬所居最幽絕所住宋刻佳皆靜者雲簇輿座隅天空落階下時刻窗篠夾路傍清泉流舍下上時刻斯人亦何聞元刻時刻俱作問塵念俱已捨四禪合眞如一切是虛假願承甘露潤喜得惠風灑依止此宋刻此託山門誰能宋刻知効丘也

宿天台桐栢觀元刻無天台二字

海行（元刻汎）信風帆夕宿逗雲島緬尋滄洲趣近愛赤城（宋刻松）好捫蘿亦踐苔輟棹恣探（元刻窮時刻幽）討息陰憩松（時刻桐）栢采秀尋（宋刻弄）芝艸鶴唳清露垂雞鳴信潮早願言解纓紱從此去（宋刻無）煩惱高步陵四壁（宋刻明）玄蹤得三老紛吾遠游意學此（宋刻樂彼元刻學彼）長生道日夕望三山雲濤空浩浩

西山尋辛諤

漾舟尋（元刻時刻俱作乘）水便因訪故人居落日清（時刻晴）川裏誰言獨羨魚石潭窺洞徹沙岸歷紆餘竹嶼

見垂釣茅齋閒讀書欵言忘景夕清興屬涼初回

也一瓢飲賢哉常晏如

冬至後過吳張二子檀溪別業元刻無冬至後三字

卜築依宋刻因自然檀溪更不時刻不更穿園林時刻盧二友接水竹數家連直與時刻取南山對非關選地偏時刻此下有卜鄰依孟母共井讓王宣曾是歌三樂仍聞詠五篇艸堂時偃曝元刻掩瀑時刻偃瀑蘭枻日周旋外事情都遠時刻遣中流性所便閒垂太公釣興發子猷船余亦幽棲者經過竊慕焉梅花殘臘月俱刻日柳色半春天鳥泊隨陽雁

魚藏縮項鯿停杯問山簡何似習池邊

陪張丞相登嵩陽樓

獨步（元刻走）人何在嵩陽有故樓歲寒問耆舊行縣擁諸侯林（俱刻泱）莽北彌望沮漳東會流客中遇知已無復越鄉憂（宋刻愁）

陪張丞相登當陽城樓（元刻陪前人泊松滋時刻陪張丞相自松滋江東泊渚宮）

放溜下松滋登舟命檝師寧（宋刻詎）忘經濟日不憚沍寒時洗幘豈獨古濯纓良在茲政成人自理機

時刻弋息鳥無疑雲物吟孤嶼江山辨四維晚來風

稍急俱刻緊冬至日行遲獵響驚雲時刻寒夢漁歌激

楚辭時刻徹夜辭渚宮何處是川瞋欲安坻俱刻之

陪盧明府泛舟廻作元刻無作字時刻廻峴山作

百里行春返清流逸興多鷁舟隨鳥泊元刻雁沒時刻雁泊

江火共星羅已救田家旱仍移宋刻醫時刻憂俗宋刻里化

訛文章推後輩風雅激頹波高岸迷陵谷新聲滿

棹歌猶憐不才子俱刻謫者白首未登科

峴山作元刻時刻俱作峴潭

石潭傷隈隩沙岸宋刻榜曉賓緣試垂竹竿釣果得查頭鯿美人騁金鎔纖手膾紅鮮因謝陸內史蓴羹何足傳

大禹寺義公禪元刻題義公禪房一刻題大禹義公房

義公習禪處俱刻寂結構俱刻宇依空林戶外一峯秀堦前羣俱刻衆壑深夕陽照俱刻連雨足空翠落庭陰看取蓮花淨應俱刻方知不染心

尋白鶴嵓張子容顏處士元刻尋張子顏隱居時刻尋白鶴嵓張子容隱居

白鶴青嵓半幽人有隱居堦庭［時刻前］空水石林［時刻］壑罷樵漁歲月青松老風霜苦竹疎覩玆懷舊業廻［時刻攜］策返吾廬

與杭州薛司戶登樟亭樓作［元刻與薛司戶登樟亭樓時刻登樟子亭驛］

水樓一登眺［時刻登一望］半出青林高帘幕英寮敞［時刻散］芳筵下客叨山藏伯禹穴城壓伍胥濤今日觀濵漲垂綸學［俱刻欲］釣鰲

題終南翠微寺空上人房［時刻宿終南翠微寺］

翠微終南裏雨後宜返照閉關久沉冥杖策一登眺遂造幽人室始知靜者妙儒道雖異門雲林頗同調兩心相喜得（俱刻喜相得）畢景共談笑瞑還高窗眠（宋刻昏）時見遠山燒緬懷赤城標更憶臨海嶠風泉有清音（元刻聽）何必蘇門嘯

陪栢臺友共訪聰上人禪居（元刻陪栢臺友訪聰上人時刻陪李侍御謁聰禪上人）

欣逢柏臺舊（宋刻友）共謁聰公禪石室無人到繩牀見虎眠陰崖（時刻嵐）常抱雪松（時刻枯）澗爲生泉出處

雖云異同歡在法筵

初春漢中漾舟元刻無初春二字

漾舟逗何處時刻羊公峴山下神女漢皐曲雪罷氷復開

春潭千丈綠元刻時刻俱多輕舟恣往來探玩無厭足二句又移後波影搖妓釵沙光逐人目倒置在此傾杯魚鳥醉聯句鶯花續波影搖妓釵

沙光逐人目又俱多良會難再逢日入須秉燭二句

尋天台山時刻多作字

吾友元刻愛太乙子飡霞臥赤城欲尋華頂去不憚

惡溪名歇馬憑雲宋刻君宿揚帆截海行高高翠微

裏遥見石橋（俱刻梁）横

彭蠡湖中望廬山（元刻無彭蠡二字）

太虛生月暈舟子（時刻中）知天風挂席候明發渺漫（元刻望）平湖中中流見遥島（俱刻匡阜）勢壓九江雄黤黕容霽（時刻黯黮疑黛）色峥嶸當曙（元刻曉）空香爐初上（時刻上初）日瀑布（俱刻水）噴成（元刻長）虹久欲追尚子況兹懷遠公我來限（元刻恨）于役未暇息微躬淮海途將半星霜歲欲窮寄言嵓棲（時刻棲嵓）者畢趣當來同

登總持浮圖（時刻登總持寺浮屠）

半空躋寶塔時俱刻晴望盡京華竹逕渭川遍山連
上苑斜四郊元刻門時又刻闕開帝宅千陌俯人家累劫
從初地爲童憶聚沙一窺功德見彌益道心加宋刻
無累劫四句元刻無一窺二句坐覺諸天近空香送宋刻逐落花

題鹿門山時刻登鹿門山懷古

清曉因興來乘流越江峴沙禽近初俱刻方識浦樹
遥元刻遠莫辨漸到元刻過鹿門山山明翠微淺巖潭
多屈曲舟檝屢廻轉昔聞龐德公采藥遂不返金
澗餌俱刻養芝朮石牀臥苔蘚紛吾感耆舊結攬事

攀躋（時刻覽事悲鬱躋）隱迹今尚存高風邈已遠白雲何時去丹桂空偃蹇探討意未窮廻艫（宋刻艤）夕陽晚

題明禪師西山蘭若（元刻明禪師蘭若題時刻遊）

西山多奇狀秀出倚（俱刻傍）前楹（時刻西山饒石林磋翠疑削成）亭午收彩翠夕陽照分明吾師位（俱刻住）其下禪坐證（俱刻說）無生結廬就嵌窟翦竹（宋刻若）通逕（宋刻往）行談空對樵叟授法與山精日莫方辭去田園歸冶城

舟中晚望（元刻曉望）

挂席東南望青山水國遙舳艫爭利涉來往接（俱刻

任風潮問我今何去 俱刻適 天台訪石橋坐看霞色 宋刻煙霞 晚 元刻曉 疑是赤城標

從張丞相遊南紀城獵戲贈裴迪張參軍 元刻

從張丞相獵贈裴迪時刻南紀城作 紀南城又一刻作裴狄張諸參軍

從禽非吾樂不好雲夢田歲暮登 時刻晏臨 城望偏 時刻 只令鄉思懸公卿有幾幾 時刻參卿 有數子 車 時刻聯 騎何翩翩世祿金張貴官曹幕府連 時刻賢 順 時刻歲 時行殺氣飛刃爭割鮮十里屆賓館徵聲匝妓筵高標迴落日平楚散 俱刻壓 芳煙何意狂歌客從公亦在

旃

陪張丞相祠紫蓋山途經玉泉寺

望秩宜王命齋心待漏行青襟列胄子從事有參卿五馬尋歸路雙林指化城聞鐘度門近照膽玉泉清皂蓋依松（時刻林）憩緇徒擁錫迎天宮上（俱刻近）兜率沙界豁迷明欲就終焉志先（俱刻恭）聞智者名人隨遊水歿止欲覆舟傾（元刻人隨逝波歿山逐覆船傾時刻人隨逝水嘆波逐覆舟傾水沒又刻水急）想像若在眼周流空復情謝公還欲臥誰與濟蒼（元刻羣）生

登望楚山最高頂 元刻無最高頂三字

山水觀形勝襄陽美會稽最高惟望楚曾未一攀躋石壁疑削成衆山比全低晴明試時刻始登陟目極無端倪雲夢掌中小武陵花處迷暝還歸騎下蘿月狂宋刻映深溪

疾愈過龍泉寺精舍呈易業二公 元刻過龍泉精舍二公時刻二上人

停午聞山鐘起行散愁疾元刻寂尋林采芝去谷轉松蘿宋刻翠密旁見精舍開長廊飯僧畢石渠流雪

水金子曜霜橘竹房時刻徑思舊遊過憩終永日入洞窺石髓傍崖采蜂蜜日萛元刻暝辭遠公虎溪相送出

與黃侍御北津泛舟元刻泛北津

津無蛟龍患日夕常安流本欲避驄馬何如俱刻知同鷁舟豈伊元刻依今日幸曾是昔年遊莫奏琴中鶴且隨波上鷗堤緣九里郭山面百城樓自顧躬耕者才非管樂儔聞君薦艸澤從此泛芳俱刻滄洲

與崔二十一游鏡湖寄包賀二公元刻無與崔二十一

五字

試覽鏡湖物中流見（宋刻到）底淸不知鱸魚味但識

鷗鳥情帆得樵風送春逢穀雨晴特蕁（俱刻將探）夏禹

穴稍背越王城府掾有包子文章推賀生滄浪醉

後唱因子寄同聲

夜歸鹿門歌

山寺鳴鐘晝已昏漁梁渡頭爭渡喧人隨沙路（俱刻岸）向江村余亦乘舟歸鹿門鹿門月照開煙樹（元刻烟中樹）忽到麗公棲隱處巖扉松徑（宋刻樵徑非遙）長寂寥

惟有幽人夜（俱刻自）來去

尋梅道士張逸人（元刻時刻俱無張逸人）

彭澤先生柳山陰道士鵝我來從此（俱刻所）好停策夏雲（宋刻漢陰）多重以觀（宋刻窺）魚樂因之鼓枻歌崔徐跡未朽千載揖清波

陪姚使君題惠上人房（元刻止作題惠上人房）

帶雪梅初暖含煙柳尚青來窺童子偈得聽法王經會理知無我觀空厭有形迷心應覺悟客思未（俱刻不）遑寧

晚春題永上人南亭（元刻題遠上人窗時刻春晚題遠上人南亭）

給園支遁隱虛寂養身（俱刻閒）和春晚群木秀關關黃鳥歌林棲良（俱刻居）士竹池養右軍鵝炎月（元刻炎日）（時刻花月）北窗下清風期再過

題融公蘭若

精舍買金開流泉遶砌廻茇荷薰講席松柏映香臺法雨晴飛（宋刻霏）去天花晝下來談玄殊未已歸騎夕陽催

秋登張明府海亭（元刻無秋字）

海亭秋日望委曲見江山染翰聊題壁傾壺一解顔歡（宋刻歌）逢彭澤令歸賞故園閒余亦將琴史棲遲芙取閒

夏日浮舟過張逸人別業（元刻浮舟過陳逸人別業時刻夏日浮舟過滕逸別業）

水亭涼氣多閒棹晚來過澗影見松（俱刻藤）竹潭香聞芰荷野童扶醉舞山妓（俱刻鳥）笑酣歌幽賞未云遍煙光（亦作花）奈夕何

與張折衝遊耆闍寺

釋子彌天秀將軍武庫才（元刻材）橫行（時刻門）塞北盡獨步漢南來貝葉傳金口山樓（俱刻櫻）作賦開因君振嘉藻江楚氣雄哉

梅道士水亭

傲吏非凡吏名流即道流隱居不可見高論莫能酬水接仙源近山藏鬼谷幽再來迷處所花下問漁舟

宿立公房（宋刻不載）

支遁初求道深公笑買山何如石嵓趣自入戶庭

閒苔澗春泉滿蘿軒夜月閒能令許玄度吟臥不知還

楊子津望京口

北固臨魚[俱刻京]口夷山對[俱刻近又刻到]海[一刻淺]濱江風白浪起愁殺渡頭人

北澗浮舟[時刻泛舟]

北澗流常[元刻恒時刻相]滿浮舟觸處通沿洄自有趣何必五湖中

登龍興寺閣[宋刻不載]

閣道乘空出披軒遠日（時刻月）開透迤見江勢客至屢緣廻茲郡何塡委遥山復幾茂蒼蒼皆艸木處處盡樓臺驟雨一陽散行舟四海來鳥歸餘興遠（時刻滿）周覽更徘徊

登安陽城樓（宋刻不載）

縣城南面漢江流江嶂開成南雍州才子乘春來騁望群公暇日坐銷憂樓臺晚映青山郭羅綺晴驕（時刻嬌）緑水洲向夕波搖明月動更疑神女弄珠遊

遊精思題山房 時刻題下多觀主二字

誤入花源裏初憐竹逕深方知仙子宅未有世人尋舞鶴閒過砌飛猿嘯密林漸通玄妙理深得坐忘心

來闍黎新亭作 宋刻不載

八解禪林秀三明給苑才地偏香界遠心靜水亭開傍險山查立尋幽石逕迴瑞花長自下靈藥豈須栽碧網交紅樹清泉盡綠苔戲魚閒法聚閒鳥誦經來棄象玄應悟忘言理必該靜中何所得吟

咏也徒哉

過融上人蘭若

山頭禪室挂僧衣窗外無人水鳥飛黃昏半在下山路却聽松俱刻泉聲戀翠微

洛中訪袁拾遺不遇宋刻不載

洛陽訪才子江嶺作流人聞說梅花早何如此地春

檀溪尋故人時刻尋士

花伴俱刻半成龍竹池分瀼馬溪田園人不見疑向

洞中栖（時刻武陵迷）

贈答

秦中苦雨思歸贈袁左丞賀侍郎（元刻苦雨思歸贈袁左丞）

苦（俱刻爲）學三十載閉門江漢陰明賢遭（俱刻敭逢）聖日（元刻代時刻主）羈旅屬秋霖豈直昏墊苦亦爲權（元刻豪）勢沉二毛催白髮百鎰罄黃金淚憶峴山墮愁懷湘水濱謝公積憤懣履（俱刻莊）舄空謠吟躍馬非吾事狎鷗宜（俱刻眞）我心寄言當路者去矣北山岑

秋日陪李侍御渡松滋江元刻時刻俱無秋日陪俱刻和

南紀西江闊皇華御史雄截流寧假楫掛席自生風寮寀爭攀鷁魚龍亦避驄坐聽時刻闕白雪唱翻入棹歌中

九日龍沙作寄劉大元刻無九日二字時刻無作字又時刻九日下有於字

龍沙豫章北九日掛帆過風俗因時見湖山發興多客中誰送酒棹裏自成歌歌竟乘流去滔滔任夕波

湖中旅泊寄閻昉（元刻泊湖寄閻昉時刻襄陽旅泊寄閻九司戶）

桂水通百越扁舟期曉發荊門（宋刻元刻作雲）蔽（宋刻閉）三巴夕望不見家襄王夢行雨才子謫長沙長沙饒瘴癘胡爲苦留滯久別思款顏承歡懷接袂接袂杳無由徒增旅泊愁淸猿不可聽沿月下湘流

秦中感秋寄遠上人（元刻無感秋二字）

一丘常欲臥三徑苦無資北上（時刻山又刻土）非吾願東林懷我師黃金燃桂盡壯志逐年衰日夕涼風至聞蟬但益（時刻欲）悲

大堤行寄萬七

大堤行樂處車馬相馳突歲歲春艸生踏青二三月（宋刻三兩日）王孫挾珠彈遊女矜羅襪攜手今莫同江花爲誰發

詶李少府見贈（元刻酬李少府 時刻重酬）

養疾衡簷（俱刻茆）下由來浩氣眞五行將禁火十步想（宋刻任 時刻枉）尋春致敬維桑梓邀歡卽主（俱刻故）人迴（俱刻還）看後凋色青翠有松筠

秋登蘭山寄張五（元刻無秋字 時刻萬山）

北山白雲裏隱者自怡悅相望試（俱刻始）登高心飛逐鳥滅（元刻心隨飛雁滅時刻心隨雁飛滅）愁因薄暮起興是清境（俱刻秋）發時見歸村人平沙（宋刻沙行）渡（元刻嶺）頭歇天邊樹若薺江畔舟（時刻洲）如月何當載酒來共醉重陽節

還山貽湛法師（時刻貽作贈法作禪）

幼聞無生理常欲觀此身心迹罕兼遂崎嶇多在塵晚途歸舊壑偶與支公鄰（元刻時刻俱多喜得林下契共推席上珍念兹泛苦海方便示迷津）導以微妙法結為清淨因（元刻無此二句）煩

惱業頓捨山林情轉殷朝來問疑義夕話得清眞墨妙稱古（時刻今）絕詞華驚世人禪（時刻竹）房閑虛靜花藥連冬春平石藉琴硯落泉灑衣巾欲知明滅意朝夕海鷗馴

宿永嘉江寄山陰崔少府國輔（元刻無山陰國輔四字時刻國輔少府）

我行窮水國君使入京華相去日千里孤帆天一涯臥聞海潮至起視江月斜借問同舟（時刻乘）客何時到永嘉

上巳日洛中寄王九迥元刻無上巳日三字時刻王九刻王迥十九

卜洛成周地浮杯上巳筵鬬雞寒食下走馬射堂前垂柳金堤合平沙翠幕元刻漠連不知王逸少何處會羣賢

江上寄崔少府國輔元刻無國輔時刻江上寄山陰崔國輔少府

春堤楊柳發憶與故人期艸木本無性俱刻意榮枯自有時山陰定遠近江上日相思不及蘭亭會元刻事空吟祓禊詩

送洗然弟進士舉元刻寄弟時刻寄弟馨

獻策金門去承歡彩服違以吾一日長念爾聚星稀昏定須溫席寒多未授衣桂枝如已擢早逐雁南飛

入峽寄弟（時刻寄弟愕）

吾昔與爾（時刻汝）輩讀書常閉門未嘗昌湍（元刻灘）險豈顧垂堂言自此歷江湖（時刻劒）辛勤難具論往來行旅弊開鑿禹功存壁立（宋刻直）千嵓（俱刻峯）峻瀠流萬壑奔我來凡幾宿無夕不聞猿滿上搓（宋刻息 元刻遙）歸戀舟中失夢（時刻路）魂淚沾明月峽心斷鶺鴒原

離闊（時刻閤）星難聚秋溪露已（時刻易）繁因君下南楚書此示（時刻寄）鄉園

夜泊廬江聞故人在東寺以詩寄之（元刻無夜字以詩字時刻東林寺）

江路經廬阜松門入虎溪聞君尋寂樂清夜宿招提石徑山精怯禪枝（俱刻林）怖鴿棲一燈如悟道爲照客心迷

宿桐廬江寄廣陵舊遊

山暝聽（宋刻聞）猿愁滄江急夜流風鳴兩岸葉月照

一孤舟建德非吾土維揚憶舊遊還將數宋刻兩行淚遥寄海西頭

和張二自穰縣還途中遇雪元刻無自穰縣還四字

風吹沙海雪漸俱刻來作柳園春宛轉隨香騎輕盈伴玉人歌疑郢中客態比洛川神今日南歸楚雙飛宋刻花侶入秦

同王九題就師山房

晚憩支公室宋刻房故人逢右軍軒空俱刻窗避炎暑翰墨動斯俱刻新文竹閉窗裏日元刻竹蔽簷前日雨隨堦

下雲同游（宋刻周旋）清陰遍吟臥夕陽曛江靜棹歌歇
溪溪樵語聞歸途未忍去攜手戀清芬

陪張丞相登荊城樓因寄荊州張使君（元刻無荊州二字時刻荊州作蘇臺又多及浪泊戍主劉家）

薊門（宋刻荊州）天北畔銅柱日南端出守聲彌遠投荒
法未寬側身聊倚望攜手莫同歡白璧無瑕玷青
松有歲寒府中丞相閣江上使君灘興盡迴舟去
方知茲（俱刻行）路難

京還贈張淮（俱刻維）

拂衣何處去俱刻去何處時又刻去何去高枕南山南欲狥五
斗祿其如七不堪早朝非晏宋刻晚起束帶異抽簪
因向智者說游魚思舊潭
聞裴侍御朏自襄州司戶除豫州司戶因以
投寄元刻無侍御自以投五字
故人荊河時刻府掾尚有栢臺威移職自樊衍時刻沔
芳聲聞帝畿昝余元刻共子臥林巷載酒過俱刻訪荊扉
松菊無君宋刻時賞鄉園欲嬾歸元刻嬾欲飛時刻嬾欲歸
南還舟中寄袁太祝

沿泝非便習風波厭若辛忽聞遷谷鳥來報五(元刻武)陵春嶺北廻征棹(時刻帆 去聲)巴東問故人花源何處是(元刻在何處 時刻花作桃)遊子正迷津

醉後贈馬四

四海重然諾吾常聞白眉秦城游俠客(元刻窟)相得(元刻相待 時刻想得)半酣時

和宋太史北樓新亭

返耕意未遂日夕登城隅誰謂山林近半(俱刻坐)爲符竹拘麗譙非改作軒檻是新圖遠水自嶓冢長

雲吞具區願爲（俱刻隨）江燕（元刻鷁）賀羞逐府僚趍欲識狂歌客（時刻者）丘園一豎儒

晩春臥病寄張八（時刻疾有子容二字）

南陌春將晩北窗猶臥病林園久不遊艸（時刻菓）木一何盛狹徑花將盡（元刻障迷時刻障盡）閒庭竹掃淨（元刻盡）翠羽戲蘭苕頳鱗動荷柄念我平生好江鄉遠從政雲山阻夢思衾枕勞感（宋元俱刻歌）詠感詠復何爲同心恨別離世途皆自媚流俗寡相知賈誼才空逸安仁鬢欲絲（宋刻垂）遙情每東注奔晷復西馳常

恐塡溝壑無由振羽儀窮通若有命欲向論中推

書懷貽京邑同好 時刻故人

惟先自鄒魯家世重儒風詩禮襲遺訓趨庭沾時刻紹末躬晝夜常自強詞賦頗亦工三十既成立嗟吁命不通慈親向羸老喜懼在深衷甘脆朝不足簞瓢夕屢空執鞭慕夫子捧檄懷毛公感激遂彈冠安能守固窮當塗訴知已投刺匪求蒙秦楚邈離異翮飛何日同

贈蕭少府

上德如流水安仁道若山閒君秉高節而（宋刻為）得

奉清顏鴻漸昇台羽牛刀列下（宋刻上）班處腴能不

潤居劇體（元刻理）常閒去詐人無諂除邪吏息奸欲

知清與潔明月在澄（時刻秋）灣

贈王九（元刻時刻俱多曰號二字）

日暮田家遠山中勿久淹歸人須早去稚子望陶

潛

荆門上張丞相

共理分荆國招賢愧楚材召南風更闡丞相閣還

開覲止欣眉睫沉淪拔草萊坐登徐孺榻頻接李
膺杯始慰蟬鳴柳俄看雪間梅四時云（俱刻年）籥盡
千里客程催日下瞻歸翼沙邊厭曝鰓佇聞宣室
召星象復三台（元刻列三台時刻復中台）

題李十四庄兼贈綦毋校書（元刻題李十四庄）

聞君息陰地東郭柳林（元刻楊柳）間左右灃澗水門庭
緱氏山抱琴來取醉垂釣坐乘閑歸客莫相待尋
（俱刻緣）源殊未還

示孟郊（宋刻不載）

蔓草蔽極野蘭芝（時刻芝蘭）結孤根衆音何其繁伯牙獨不喧當時高溪意舉世無能分鍾期一見知山水千秋聞爾其保靜節薄俗徒云云

同張明府碧谿贈答（元刻無贈字）

別業聞新製同聲和（時刻應）者多還看碧谿答不羡綠珠歌自有陽臺女朝朝拾翠過綺筵（時刻舞庭）鋪錦繡粧牖閉藤蘿秋（元刻秩）滿休閒日春餘景氣（俱刻色）和仙鳧能作伴羅襪共凌波曲（俱刻別）島尋花藥迴潭折芰荷更憐斜日照紅粉艷青娥

寄趙正字

正字芸香閣幽人竹素（時刻葉元刻幽人二句倒）園經過宛如
昨歸臥寂無喧高鳥能擇木羝羊漫觸藩物情今
已見從此願忘（元刻無）言

行至汝墳寄盧徵君

行乏憩余駕依然見汝墳洛川方罷雪嵩嶂有殘
雲曳曳半空裏溶溶（宋刻明明）五色分聊題一時興因
寄盧徵君

和張丞相春朝對雪

迎氣當春立宋刻至承恩喜雪來潤從河漢下花逼

艷陽開不覩豐年瑞焉俱刻安知燮理才散鹽如可

擬願摻和羹梅

上張吏部

公門世緒昌才子冠裴王出自時刻自出平津邸還爲

吏部郎神仙餘氣色列宿炳俱刻動輝光夜直南宮

靜宋刻近朝趍宋刻遊北禁長時人窺水鏡明主賜衣

裳翰苑飛鸚鵡天池待鳳凰

寄天台道士

海上求仙客三山望幾時焚香宿華頂裛露采靈芝屢躡（俱刻踐）莓苔滑將尋汗漫期儻因松子去長與世人辭

登江中孤嶼贈白雲先生王迥（元刻登江中孤嶼貽王迥）

悠悠清江水水落沙嶼出囘潭石下深綠篠岸傍密鮫人（時刻龍）潛不見漁父歌自逸憶與君別時泛舟如昨日夕陽開晚照中坐興非一南望鹿（時刻雁）門山歸來恨如（俱刻相）失

和盧明府送鄭十三還京兼寄之什（元刻和盧明府

昔時風景登臨地今日衣冠送別筵醉坐（時刻閒臥）自傾彭澤酒思歸長望白雲天洞庭一葉（元刻時）驚秋早鴈落空嗟滯江島寄語朝廷當世人何時重見長安道

宿楊子津寄潤州長山劉隱士（元刻無潤州長山四字）

所思在夢寐（宋刻建業）欲往大江深日夕望京口煙波愁我心心馳茅山洞目極楓樹林不見少微星（俱刻隱）風（俱刻星）霜徒（俱刻勞）夜吟

和張明府登鹿門山

忽示登高作能寬旅寓情絃歌既多暇山水思彌（宋刻徵）清艸得風先（宋刻光）動虹因雨後（宋刻氣）成謬承巴俚和非敢應同聲

題龍門寺寄越府包戶曹徐起居（時刻遊雲門寺）

我行適諸越夢寐懷所歡久負獨往願今來恣遊盤台嶺踐嶝（元刻苔）石耶溪泝林湍（元刻巒）捨舟入香界登閣憩旃檀晴山秦望近春水鏡湖寬遠懷（時刻行）佇應接卑位徒勞安白雲日夕（時刻去久）滯滄海去來（時刻竭來）觀故國眇天末良朋在朝端遲爾同攜手

何時方挂冠

和張判官登萬山亭因贈洪府都督韓公（元刻和趙判官登萬山亭因贈韓都督）

韓公是襄士（俱刻美襄士）日賞城西岑結構意不淺岩潭趣轉（元刻亦）洪皇華一動詠荊國幾（元刻盛）謠（時刻謳）吟舊逕蘭勿翦新堤柳欲陰砌傍餘怪石沙上有閒禽自牧豫章郡空瞻楓樹林因聲寄流水善聽在知音者舊耶不接崔徐無處尋物情多貴遠賢俊豈無（時刻遙）今遲爾長江算澄清一洗心

襄陽　三十八　汲古閣

孟襄陽集卷第一

孟襄陽集目録

卷第二

旅行

自潯陽泛舟經明海　自洛之越　歸至郢
中　經七里灘　題長安主人壁　赴京途
中遇雪　南歸阻雪　久滯越中貽謝南池
會稽賀少府　建德江宿　濟江問舟人
戲題　與顏錢塘登障樓望潮作　同儲十
二洛陽道中　下浙汀　途中晴

送別

同盧明府餞張郎中除義王府司馬就張園
作　送友東歸　永嘉別張子容　留別王

張去非遊巴東　送莫氏甥兼諸昆弟從韓
司馬入西軍　早春潤州送弟還鄉　游江
西上留別富陽裴劉二少府　送袁十嶺南
尋弟　送謝錄事之越　送王七尉松滋
洛下送奚三還楊州　鸚鵡洲送王九游江
左　高陽池送朱二　送王五昆季省覲
送昌齡王君之嶺南　送崔遏　送盧少府
使入秦　送朱大入秦　送友人之京　送
杜十四　送新安張少府歸秦中　送陳七

赴軍　送蕭員外之荆

襄陽集目錄卷二終

孟襄陽集卷第二

旅行

夜泊宣城界（元刻無夜字）

西塞沿江島南陵問驛樓潮平津濟濶風止客帆收去去懷前浦（宋刻事）茫茫泛夕流石逢羅刹礙山泊敬亭幽火識（俱刻熾）梅根治煙迷楊葉洲誰家復水宿相伴賴沙鷗

歲暮海上作

仲尼既云（俱刻已）沒余亦浮于海昏見斗柄迴方知

歲星改虛舟任所適時刻過垂釣非有待爲問乘槎
人滄洲復何在

歲除夜有懷宋刻不載時刻無歲字衆妙集刻崔塗但孤燭刻孤獨

迢遞三巴路羇危萬里身亂山殘雪夜孤燭異鄉
人漸與骨肉遠轉於僮僕親那堪時刻看正漂泊來
日歲華新

宿武陽川時刻宿武陵卽事

川暗夕陽盡孤舟泊岸初嶺猿相叫嘯潭嶂俱刻影
侶空虛就枕滅明月俱刻燭扣船聞夜漁雞鳴問何

處人物是秦餘

永嘉上浦館逢張子容時刻張八子容

逆旅相逢處江村日莫時衆山遥對酒孤嶼共題詩廨宇鄰蛟室人煙接島夷鄉關元刻園萬餘里失路一相悲

夕次蔡陽館元刻無夕字時刻無夕次二字

日莫馬行疾城荒人住稀聽歌疑宋刻知近楚投館忽如歸魯堰田疇廣章陵氣色微明朝拜嘉時刻家慶須著老萊衣

沂江至武昌

家本洞庭(宋刻湖)上歲時歸思催客心徒欲速江路苦邅迴殘凍因風解新梅(宋刻正)變臘開行看武昌柳髮鬚映樓(時刻陽)臺

他鄉七夕

他鄉逢七夕旅館益(時刻亦)羈愁不見穿針婦空懷故國樓緒風初減熱新月始臨(宋刻登)秋誰忍窺河漢迢迢望(宋刻斷)斗牛

夜泊牛渚趂錢八不及(元刻無夜字錢八作洛八時刻多船字錢)

八竹薛八

星羅牛渚夕宋刻宿風退時刻送鷁舟遲浦溆常同宿

煙波忽間之榜歌空裏失船火望中疑明發泛潮

元刻滄時刻湖海茫茫何處期

曉入南山元刻無曉字

漳氣曉氛氳南山復時刻沒水雲鯤飛今始見鳥墮

舊來聞地接長沙近江從泊渚分賈生曾弔屈余

亦痛斯文

行出竹東山望漢川元刻行東山出瀟川時刻行至漢川作

巽日分（元刻鄉非 時刻縣非）吾土連山盡綠篁平田出郭少盤龍（宋刻坂）入雲長萬壑歸於漢（俱刻海）千峯劃彼蒼猿聲亂楚峽（時刻岫）人語帶巴鄉石上攢椒樹藤間綴（俱刻養）蜜房雪餘春未暖嵐解晝初陽征馬疲登頓歸帆愛渺茫坐欣沿溜下信宿見維（元刻扶）桑

下瀨石

瀨石三百里沿洄千嶂間沸聲常活活洊勢亦潺湲跳沫魚龍沸垂藤猿狖攀榜人苦奔峭而我忘險艱放溜情彌遠（宋刻沒愜 元刻彌愜）登艫目（元刻日）自閑瞑

維（俱刻帆）何處泊遙指落星灣

越中逢天台太一子（元刻無天台二字）

仙穴逢羽人停艫向前拜問余涉風水何事（宋刻處）遠行邁登陸尋天台順流下吳會茲山夙所尚安得聞靈怪上通（俱刻遍）青天高俯臨滄海大雞鳴見日出每與神僊（時刻仙人）會來去（宋刻往來）赤城中逍遙白雲外苺苔異人間瀑布當（俱刻作）空界澗庭長自然（時刻不死）華頂舊稱最永此從之遊（元刻永懷從此遊　時刻永願從此遊）何當濟所屆

除夜樂城逢張少府（元刻無除夜二字少府作子容）

雲海泛（俱刻訪）甌閩風潮（時刻濤）泊島濱如何（宋刻何知）歲除夜得見故鄉親余（元刻予）是乘槎客君（元刻予）爲失路人平生復能幾一別十餘春

又（宋刻不載）

疇昔通家好相知無間然續明催畫（元刻盡）燭守歲接長筵舊曲梅花唱新正柏酒傳客行隨處樂不見度年年

夜渡湘水

客舟（俱刻行）貪利涉夜（宋刻闇）裏渡湘川露氣闇芳（時刻香）杜歌聲識采蓮榜人投岸火漁子宿潭煙行侶（時刻旅）時相問潯陽何處邊

自潯陽泛舟經明海（元刻泛舟經湖海）

大江分九派（宋刻流）淼漫（宋刻淼淼）成水鄉舟子棄利涉往來至（元刻經時刻逕）潯陽因之泛五湖流浪經（元刻過）三湘觀濤壯枚發吊屈痛沅（俱刻沅）湘魏闕心常（宋刻恒）在金門詔不忘遥憐上林雁氷泮已（元刻也）回翔

自洛之越

遑遑三元刻二十載書劍兩無成山水尋吳越風塵猒洛京扁舟泛湖海長揖謝公卿且樂杯中物時刻酒誰論世上名

歸至郢中

遠遊經海嶠返棹歸山阿日夕見喬木鄉關元刻村時刻園在伐柯愁隨江路盡喜朱刻意入郢門多左右看桑土依然即匪佗

經七里灘

余奉垂堂誡千金非所輕為多山水樂頻作泛舟

行五岳追尙子三湘吊屈平湖經洞庭㵎江入新安淸復聞嚴陵瀨乃在兹湍（俱刻川）路疊嶂（元刻湍）數百里沿洄非一趣彩翠相氣盪別流亂犇注釣磯平可坐苔磴滑難步猿飲石下潭鳥還日邊樹觀奇恨來晚倚棹惜將暮揮手弄潺湲從此（俱刻兹）洗塵慮

題長安主人壁

久廢南山田叨（時刻謬）陪東閣賢欲隨平子去猶未獻甘泉枕席（宋刻藉）琴書滿褰帷（時刻開軒）遠岫連我來

如聆日庭樹忽鳴蟬促織驚寒女秋風感（宋刻恩）長年授衣當九月無褐竟誰憐

赴京途中遇雪

迢遞秦京道蒼茫歲暮天窮陰連晦朔積雪滿（時刻遍）山川落雁迷沙渚飢烏噪（宋刻集）野田客愁空佇立不見有人煙

南歸阻雪（元刻南歸北阻雪　時刻南陽歸阻雪）

我行滯宛許（元刻洛）日夕望京豫曠野莽茫茫鄉山在何處孤煙村際起歸雁天邊去積雪覆平皐饑

鷹捉寒兎少年弄文墨屬意在章句十上恥還家徘徊守歸路

久滯越中貽謝南池會稽賀少府元刻越作洛無會稽賀少府時刻貽作贈

陳平無産業尼父倦東西負郭芺俱刻㫺云翳時刻鑿問津今亦時刻已迷未能忘魏闕空此滯秦稽兩見夏雲起再聞春鳥啼懷仙梅福市訪舊若耶溪聖主賢爲寶卿宋刻君何隱遁棲

建德江宿元刻時刻俱作宿建德江

移舟泊煙元刻滄渚日暮客愁新野曠天低樹江清
月近人

濟江問舟人時刻問同舟人亦刻渡浙江

潮落江平未有風輕舟宋刻扁舟時刻歸舟元刻舠共濟與君
同時時引領望天末何處青山是越中

戲題元刻戲主人時刻戲贈主人

客醉眠未起主人呼解醒已言雞黍熟復道宋刻說
瓮頭春

與顏錢塘登障樓望潮作元刻不載時刻障樓作樟亭

百里聞雷震（時刻雷聲）鳴絃暫輟彈府中連騎出江上待潮觀照日秋雲（宋刻空）迥浮天（宋刻雲）渤澥寬驚濤來似雪一坐凛生寒

同儲十二洛陽道中

珠彈繁華子金羈遊俠人酒酣白日莫走馬入紅塵

下浙江（宋刻不載時刻初下浙江舟中口號）

八月觀潮罷三江越海潯回瞻魏闕路無復子牟心

途中晴宋刻不載時刻多遇字

巳失五時刻巴陵雨猶逢蜀坂泥天開斜景遍山出

晚雲低餘溼猶霑艸殘流尚入溪今宵有明月鄉

思遠悽悽

送別

同盧明府餞張郎中除義王府司馬就張園

作元刻餞王郎中于司馬園

上國星河列俱刻山河裂又刻河山列賢王邸宋刻甲第開故人

分職去潘令寵行來冠蓋趨梁苑江湘宋刻江山失楚

材預愁軒騎動賔客撤池臺

送友東歸宋刻不載時刻廣陵別薛八

士有不得志栖栖吳楚間廣陵相遇罷時刻處彭蠡

泛舟還檣出江中時刻邊樹波連海上山風帆明日

遠何處更追攀

永嘉別張子容

舊國余歸楚新年子北元刻賀征挂帆愁海路分手

戀朋情日夜宋刻夕故園意汀洲春草生何時一杯

酒重與李膺傾

留別王侍御（元刻時刻俱作王維）

寂寂竟何待朝朝空自歸（時刻朝飢空日歸）欲尋芳艸去惜與故人違當路誰相假知音世所稀秖應守寂（元刻索）寞還掩故園扉

送從弟邕下第後歸會稽（元刻無邕字）

疾風吹征帆倏爾（時刻閃）向空沒千里在（俱刻去）俄頃三江坐超忽向來芙歎娛（元刻異）日夕成楚越落羽更分飛誰（時刻那）能不驚骨

江上別流人

以我越鄉客（宋刻里）逢君謫居者分飛黃鶴樓流落（俱刻宕）蒼梧野驛使乘雲去征帆沿溜下不知從此分還袂何時把

將適天台留別臨安李主簿（元刻別李主簿）

枳棘君尚棲匏瓜吾豈繫念離當夏首（宋刻惟念離當夏元刻念離當夏日）漂（宋刻淡）泊指炎（元刻夷）裔江海非隍遊（元刻遊情）田園失歸計空山既早發漁浦亦宵濟泛泛隨波瀾行行任艫枻故林日已遠郡木坐咸（俱刻戍）翳羽人在丹丘吾亦從此逝

送丁大鳳進士舉 時刻赴舉呈張九齡

吾觀鷦鷯賦君負王佐才惜無金張援十上空歸來棄置鄉園老翻飛羽翼摧故人今在位岐路莫遲迴

送吳悅遊韶陽

五色憐鳳雛南飛適鷓鴣楚人不相識何處求椅梧去去日千里茫茫天一隅安能與斥鷃決起但槍榆

送張子容進士舉

夕曛山照滅送客出柴門惆悵野中別殷勤醉後

宋刻岐路言茂林元刻陵余偃息喬木爾飛翻無使谷風

誚須令友道存

東京留別諸公 元刻時刻俱作京還留別新豐諸友

吾道昧所適驅車還向東主人開舊館留客醉新

豐樹遶溫泉綠塵遮晚日紅拂衣從此去高步躡

華嵩

送張參明經舉兼向涇川覲省 元刻送張參明經舉覲省

十五綵衣年承歡慈時刻戀母前孝廉因歲貢懷橘

向秦川四座推文舉中郎許仲宣泛舟江上別誰不仰神仙

送辛大不及（時刻送辛大之鄂諸不及）

送君不相見日莫獨愁緒江上久（宋刻亦）徘徊天邊迷處所郡邑經樊鄧山河（時刻雲山）入嵩汝蒲輪去漸遙石逕徒延佇

送張翔之房陵（翔元刻祥）

我家南渡頭（元刻隱）慣習野人舟日夕弄清淺林湍（時刻端）逆上流山河（元刻鄢陵）據形勝天地生豪會君意

枉利往俱刻涉知音期自元刻塡時刻牆投

送韓使君除洪州都曹韓公父嘗爲襄州使時刻州作府曹作督無韓公下文

述職時刻德撫荆衡分符襲寵榮往來看擁傳前後賴專城勿翦棠猶在波澄水更淸重頒江漢治元刻重符江漢理時刻重推江漢理旋旼豫章行召父多遺愛羊公有令名衣冠列祖道耆舊擁前程俱刻旌峴首晨風送宋刻按廣時刻江陵夜火江無才慙孺子千里愧同聲

送吳宣從事元刻送王宣從軍

才有幕中士(俱刻畫)寧(俱刻而)無塞上勳隆(俱刻漢)兵初
(俱刻將)滅虜王粲始從軍旌旆邊庭(時刻亭)去山川地
脉分平生一七首感激贈夫君

都下送辛大之鄂(元刻送辛大)

南國辛居士言歸舊竹林未逢調鼎用徒有濟川
心余亦忘機者田園在漢陰因君故鄉去還(時刻遙)
寄式微吟

送袁太祝尉豫章

何幸遇休明觀光來上京相逢武陵客獨送豫章

行隨牒牽黃綬離群會墨卿江南佳麗地山水舊難名

適越留別譙縣張主簿申屠少府

朝乘汴河去(時刻流)夕次譙縣(元刻護郡)界幸值(時刻因)西風吹得與故人會君學梅福隱余隨(宋刻從)伯鸞邁別後能相思浮雲在吳會

送桓子之郢成禮(時刻郢城過禮)

聞君馳綵騎躞蹀指荊衡(時刻南荊)爲結潘楊好言過鄢郢城標梅詩有(時刻已)贈羔雁禮將行今夜神仙

女應來感夢情

峴山送張去非遊巴東（元刻時刻朱大去非）

峴山南郭外送別每登臨沙岸江村近松門山寺深一言余有贈三峽再將（元刻爾相）尋祖席宜城酒征途雲夢林蹉跎遊子意眷戀故人心去矣勿淹滯巴東猿夜吟

送莫氏甥兼諸昆弟從韓司馬入西軍（元刻莫氏外生入西軍）

念爾習詩禮未嘗（元刻會）違（時刻離）戶庭平生早偏露

萬里更飄零坐棄三牲養時刻冬業行觀八陣形餙裝

辭故里謀策赴邊庭壯志吞鴻鵠遙心伴鶺鴒所

從文與武不戰自應寧

早春潤州送弟還鄉元刻送張祥之房陵

兄弟遊吳國庭闈戀楚關已多新歲感宋刻改更餞

白眉時刻曰還歸泛西江水離筵北固山鄉園欲有

贈梅柳着宋刻看先攀

游江西上留別富陽裴劉二少府元刻留別裴少府

西上浙宋刻游江西臨流愠俱刻恨解攜千山疊成嶂

萬水瀉（時刻壑合）爲（時刻成）溪石淺流難注（俱刻泝）藤長險亦（俱作易）躋誰憐問津（宋刻勞）者歲晏此中栖（俱刻迷）

送袁十嶺南尋弟（元刻袁十三尋弟）

早聞牛渚詠今日（時刻見）鶺鴒心羽翼嗟零落悲鳴別故林蒼梧白雲遠煙（宋刻空）水洞庭深萬里獨飛去南風遲爾音

送謝録事之越

清旦江天迥涼風西北吹白雲向吳會征帆亦相隨想到耶溪日應探禹穴奇仙書倘相示余在北

（宋刻此）山陲

送王七尉松滋（得陽臺雲）

君不見巫山神女作行雲霏虹（俱刻紅）踏翠曉氛氲嬋娟流入襄（宋刻楚）王夢倏忽還隨零雨分空中飛去復飛來朝朝暮暮下陽臺（時刻陽雲臺）愁君此去爲仙尉便逐行雲去不迴

洛下送奚三還楊州

水國無邊際舟行共使風羨君從此去朝夕見鄉中余亦離家久南歸（宋刻行）恨不同音書若有問江

上會相逢

鸚鵡洲送王九游江左游宋刻之

昝登江上黃鶴樓遥愛江中鸚鵡洲洲勢逶迤環
宋刻還時刻繞碧流鴛鴦瀨鵜滿沙宋刻灘頭沙頭日落沙
磧長金沙耀耀宋刻熠熠動颻光舟人牵錦纜浣女結
羅裳月明全見蘆花白風起遥聞杜若香君行宋刻
兮采采莫相忘

高陽池送朱二

當宋刻嘗昝襄陽全時刻雄盛時山公常宋刻恒醉習家

池池邊釣女自（元刻日）相隨枚成照影（時刻水）競（宋刻竟元刻近）來窺紅（時刻澄）波淡淡芙蓉發綠岸毿毿楊柳垂

一朝物變人亦非四面荒涼人徑（俱刻住）稀意氣豪華何處去（俱刻在）空餘艸露溼征（時刻羅）衣此地朝來餞行者翻向此中牧征馬征馬分飛日漸斜見此空爲人所嗟殷勤爲訪桃源路予亦歸來松子家

送王五昆季省覲

公子戀庭幃勞歌涉海沂（元刻涯）水乘舟檝去親望老萊歸斜日催烏鳥清江照綵衣平生急難意遙

仰鶺鴒飛

送昌齡王君之嶺南(元刻送王昌齡)

洞庭去遠近楓葉早驚(元刻經)秋峴首羊公愛長沙賈誼愁土風(宋刻毛)無縞紵鄉(時刻香)味有査頭巴抱沉痼(俱刻痾)疾更貽魑魅憂數年同筆硯兹夕異(宋刻間)衾裯意氣今何在相思望斗牛

送崔遏(元刻過 時刻易)

片玉來(時刻卒)誇楚治(時刻治)中作主人江山增潤色詞賦動陽春别館當虛敞離情任吐伸因聲兩京

舊誰念臥漳濱

送盧少府使入秦

楚關望秦國相去千里餘州縣勤王事山河轉使車祖筵江上列離恨別（時刻別恨）前書願及芳年賞嬌鶯二月初

送朱大入秦

遊人五陵去寶劍直千金分手脫相贈平生一片心

送友人之京

君登青雲去余望青山歸雲山從[宋刻欲]此别淚溼薜蘿衣

送杜十四[元刻有之江南]

荆吳相[宋刻且]接水爲鄉君去春江正渺[時刻淼]茫日暮征帆泊何處天涯一望斷人腸

送新安張少府歸秦中[元刻送張少府歸秦時刻多越中無新安二字]

試登秦嶺望秦川遥憶青門更[時刻春]可憐仲月送君從此去瓜[元刻他]時須及邵平田

送陳七赴軍 宋刻不載時刻赴西軍

吾觀非常者碌碌在目前君負鴻鵠志蹉跎書劒年一聞邊烽動萬里忽爭先余亦赴京國何當獻凱還

送蕭員外之荆 宋刻不載時刻有峴山并州字

峴山江岸曲郢水郭門前自古登臨處非今獨黯然亭樓明落照 時刻日 井邑秀通川澗竹生幽興林風入管絃再飛鵬激水一舉鶴沖天佇立三荆使看君駟馬旋

孟襄陽集卷第二

孟襄陽集目錄

卷第三

宴樂

門亭子懷漢川諸友　初年樂城館中卧疾

懷歸作　初出關旅亭夜坐懷王大挍書

早寒江上有懷　夏日南亭懷辛大　除夜

有懷　閒園懷蘇子　傷峴山雲表觀主

上巳日澗南園期王山人陳七諸公不至

過景空寺故融公蘭若

田園

南山下與老圃期種瓜　歲暮歸南山　尋

張五廻夜園作　過故人庄　同曹三御史

行泛湖歸越　東陂遇雨率爾貽謝南池
遊精思觀廻王白雲在後　李氏園臥疾
遊景空蘭若　武陵泛舟　夏日辨玉法師
茅齋　山中逢道士雲公　憶張野人　田
家元日　采樵作　澗南園即事貽皎上人
仲夏歸漢南園寄京邑舊遊　家園臥疾
畢太祝曜見尋　白雲先生王迥見訪　姚
開府山池
美人

時令

拾遺

歌　登峴山亭寄晉陵張少府　田家作
同張將薊門看燈　張郎中梅園作　送張
郎中遷京　尋菊花潭主人不遇　送告入
從軍　唐城館中早發寄楊使君　送席大
送賈昇主簿之荊府　和賈主簿弁九日
登峴山　宴張別駕新齋　齒坐呈山南諸
隱　同獨孤使君東齋作　洗然弟竹亭
張七及辛大見訪　遊鳳林寺西嶺　陪獨
孤使君同與蕭員外證登萬山亭　贈道士

孟襄陽集目錄卷三終

孟襄陽集卷第三

宴樂

裴司士員司戸見尋（元刻裴司士見尋時刻見訪又一刻答裴司士）

府寮能枉駕家（宋刻喜）醞復新開落日池上酌清風松下來厨人具（時刻餼）雞黍稚子摘楊梅誰道山公醉猶能騎馬廻

襄陽公宅飲

窈窕夕陽（宋刻陰）佳（元刻在）丰茸春色好欲覓淹留處無過狹斜道綺席卷龍鬚香杯浮馬腦北林積修

樹南池生別島手擷金翠花心迷玉紅俱刻芝艸談天元刻笑光六義發論明三倒座非陳子驚門還魏公掃榮辱宋刻華應無間歡娛當芙保

盧明府九日峴山宴袁使君張郎中崔貟外元刻九日峴山宴

宇宙誰開闢江山此鬱盤登臨今古用風俗歲時觀地理荊州分天涯楚塞寬百城今刺史華省舊郎官共美重陽節俱懷落帽歡酒邀彭澤載琴輟武城彈獻壽先浮菊尋幽或藉宋刻坐蘭煙虹鋪藻

麗俱刻翰松竹桂衣冠叔子神如在山公興欲時刻未
闌嘗聞騎馬醉還向習池看

宴包二融宅包時刻鮑無融字

閒居枕清洛左右接人野門庭無雜賓車轍多長
者是時方盛時刻正夏風物自蕭灑五月休沐歸宋刻
初相攜竹林下開襟成歡趣對酌時刻酒不能罷煙
暝棲鳥迷元刻還余將元刻亦歸白社

夜登孔伯昭南樓時沈太清朱昇在座元刻無時
沈太清等字

誰家無風月此地有琴樽山水會稽郡詩書孔氏門再來值秋杪高閣夜宋刻閑無喧華燭罷燃蠟清弦方奏鷗沈侯時刻生隱公時刻侯胤朱子買臣孫好我意不淺登茲芺時刻同話言

盧明府早秋宴張郎中海園即事得秋字此前宋刻有

元刻無有疑與後篇為一題者今並存之

邑有絃歌宰翔鸞狎野宋刻巳狎鷗眷言華省舊暫滯宋刻拂海池遊鬱島藏浚竹前溪對舞樓更聞書即事雲物是新元刻高秋

同盧明府早秋夜宴張郎中海亭 此首宋刻無元刻有

元刻無早秋夜

側聽絃歌宰文書游夏徒故園欣賞竹爲邑幸來蘇華省曾聯事仙舟復與俱欲知臨泛久荷露漸成珠

奉先張明府休沐還鄉海亭宴集 探得皆字

自君理畿甸余亦經江淮萬里音信斷數年雲雨乖歸來休澣日始得賞心諧朱紱恩 時刻心 雖重滄洲趣每懷樹低新舞閣山對舊書齋何以發秋 時刻

佳興陰蟲鳴夜堦

臨渙裴明府席遇張十一房六（元刻裴明府席遇張房）

河縣柳林邊河橋晚泊船文叨才子會官喜故人連（時刻隣）笑語同今夕（時刻日）輕肥異往年晨風理歸棹吳楚各依然

夏日與崔二十一同集衛明府席（元刻集衛明府席時刻宴衛明府宅）

言避一時暑池亭五月開喜逢金馬客同飲玉人杯舞鶴乘軒至游魚擁釣來座中殊未起簫管莫

相催

宴張記室宅

甲第金張館門庭軒宋刻車騎多家封漢陽郡文會

楚材過曲島浮觴酌前山入詠歌妓堂花映發書

閣柳逶迤玉指彈箏柱金泥舞羅寧時刻誰知書

劒者年歳宋刻歳月獨蹉跎

清明日宴梅道士房元刻無清明日

林臥時刻下愁春盡開軒元刻搴闈覽物華忽逢青鳥使

邀我元刻入赤松家金時刻丹竈初開火仙桃正發宋刻

落花童顏若可駐何惜醉流霞

寒食宴張明府宅 元刻無寒食二字

瑞雪初盈尺寒 宋刻開 宵始半更列筵邀酒伴刻燭限詩成香炭金爐煖嬌絃玉指清醉來方欲臥不覺曉雞鳴 時刻厭厭不覺醉歸路曉霞生

與王昌齡宴王十一 元刻宴黃道士房

歸來臥青山常夢遊 宋刻媿在 清都漆園有傲吏惠縣 元刻好時刻我 在招呼書幌神仙籙畫屏山海圖酌霞復對此宛似入蓬壺

韓大使東齋會岳上人諸學士（元刻無岳上人使時刻侯）

郡守虛陳榻林間召楚材山川祈雨畢品物喜晴開抗禮尊縫掖臨流（元刻池）揖（時刻挹）渡杯徒攀朱仲李誰（宋刻更）薦和羹梅翰墨緣情製高深以意裁滄洲趣不遠何必問蓬萊

宴榮山人池亭（宋刻不載○時刻晏榮二山人池亭）

甲第開金穴（一刻甲地金張宅）榮期樂自多櫪嘶支遁馬池養右軍鵝竹引嵇琴入花邀載酒（時刻客）過山公來（時刻時）取醉時（時刻來）唱接䍦歌

李少府與楊九再來元刻無與楊九三字

弱歲早登龍今來時刻朝喜再逢何如春月柳猶憶歲寒松煙火臨寒食笙歌達曙時刻咽曉鐘喧喧鬬雞道行樂美朋從

宴崔明府宅夜觀妓宋刻不載元刻無夜字

畫堂觀妙妓長夜正留賓燭吐蓮花艷粧成桃李春髻鬟低舞席衫袖掩歌唇汗濕偏宜粉羅輕詎着身調移箏柱促歡會酒杯頻儻使曹王見應嫌洛浦神

懷思

秋宵月下有懷（元刻無月下二字）

秋空明月懸光彩露霑溼驚鵲棲未（時刻不）定飛螢卷簾入庭槐（元刻窗）寒影疎鄰杵夜聲（元刻淡）急佳期曠何許望望空佇立

登萬歲樓（宋刻不載）

萬歲樓頭望故鄉獨令鄉思更茫茫天寒雁度堪垂淚月落猿啼欲斷腸曲引古堤臨凍浦斜分遠岸近枯楊今朝偶見同袍友却喜家書寄八行

尋陳逸人故居 時刻衜滕逸人故居

人事一朝盡荒蕪三徑休始聞漳浦卧奄作岱宗遊池水猶含墨山宋作風時作峯雲已落秋今朝宋刻宵泉壑裏何處覓藏舟

九日懷襄陽 時刻有途中二字

去國已宋刻似如昨倏然時刻爲經杪秋峴山不可時刻望不見風景令人愁誰采籬下菊應閒池上樓宜城多美酒歸與葛強遊

途次 時刻落日望鄉

客行愁落日鄉思重相催況在他山外天寒夕鳥
來雪滚迷郢路雲（元刻雨）暗失陽臺可歎棲遲（元刻悽惶）
子勞（時刻狂）歌誰爲媒

人日登南陽驛門亭子懷漢川諸友（宋刻不載元刻登驛門亭懷漢川諸友）

朝來登涉處不似艷陽時異縣殊風物羈懷多所
思剪花驚歲早看柳訝春遲未有南飛雁裁書（時刻衣）欲寄誰

初年樂城館中臥疾懷歸作（元刻臥疾懷歸）

異縣天隅僻孤帆海畔過往來鄉信斷留滯客情
多臘月聞雷震東風感歲和蟄蟲驚戶穴巢鵲聆
庭柯徒對芳樽酒其如伏枕何歸來（元刻歟）理舟楫
江海正無波

初出關旅亭夜坐懷王大校書（元刻出關懷王大）

向夕槐煙起蔥蘢池館曛客中無偶坐關外惜離
群燭至螢光滅荷枯雨滴聞永懷蓬閣友寂寞滯
揚雲

早寒江上有懷（元刻早寒有懷蔣刻江上有懷）

木落雁南渡北風江上寒我家襄水曲（宋刻上）遥隔
楚雲（時刻山）端鄉淚客中盡歸帆天際（時刻外）看迷津
欲有問平海夕漫漫

夏日南亭懷辛大（元刻無夏日二字）

山光忽西落池月漸東上散髮乘夕（時刻夜）涼開軒
臥閒敞荷風送香氣竹露滴清響欲取鳴琴彈恨
無知音賞感此懷故人中宵勞夢想

除夜有懷（時刻多歲字）

五更鐘漏欲相催四氣推遷往復迴帳裏殘燈纔

去焰鑪中香氣盡成灰漸看春遍芙蓉桃頓覺寒
消竹葉杯守歲家家應未臥相思那得夢魂來

閒園懷蘇子

林園雖少事幽獨自多違向夕開簾坐庭陰葉落
微（宋刻落影）鳥從（宋刻過）煙樹宿螢傍水軒飛感念同懷
子京華去不歸

傷峴山雲表觀主（時刻上人）

少小學書劍秦吳多歲年歸來一登眺陵谷尚依
然豈意餐霞客溘（時刻忽）隨朝露先因之問閭里把

臂幾人全

上巳日澗南園期王山人陳七諸公不至

搖艇候明發花源弄晩春在山懷綺季臨漢憶荀（時刻司）陳上巳期三月浮杯興十旬坐歌空有待行樂恨無隣日晩蘭亭北（宋刻洛）煙花（宋刻開）曲水濱浴蠶逢姹女采艾值幽人石壁堪題序沙場好解神（時刻紳）群公望不至虛擲此芳晨

過景空寺故融公蘭若（元刻時刻俱無景空寺）

池上青蓮宇林間白馬泉故人成異物過客（宋刻憩）

獨潛然旣禮新松塔還尋舊石筵平生竹如意猶
挂艸堂前元刻邊

田園

南山下與老圃期種瓜元刻無南山下

樵牧南山近林閒北郭賒先人留素業老圃作隣
家不種千株橘唯資五色瓜邵平能就我開逕翦
宋刻有蓬麻

歲暮歸南山元刻歸終南山時刻歸故園作

北闕休上書南山歸弊廬不才明主棄多病故人

疎白髮推年老青陽逼歲除永懷愁不寐松月夜窗（宋刻堂）虛

尋張五迴夜園作（時刻尋張五）

聞說（俱刻就）龐公隱移居近澗（俱刻洞）湖興來林是竹歸臥谷名愚桂席樵（宋刻窗）風便開軒琴月孤歲寒何用賞霜落（宋刻露）故園蕪

過故人庄

故人具雞黍邀我至田家綠樹村邊合青山郭外斜開筵面場圃把酒話桑麻待到重陽日還來就

菊花

同曹三御史行泛湖歸越元刻無依不藏增入

秋入詩人意時刻興巴歌和者稀泛湖同逸旅時刻旅泊吟會是歸思白簡徒推薦滄洲已拂衣杳冥雲外時刻海去誰不羨鴻飛

東陂遇雨率爾貽謝南池元刻無東陂率爾字

田家春事起丁壯就東陂殷殷宋刻隱隱雷聲作森森雨足垂海虹晴始見河柳溼初稀俱刻潤初移余意在耕鑿時刻稼問君田事宜俱刻因君問土宜

遊精思觀廻王白雲在後元刻遊精思觀貽王先生

出谷未亭午至家日巳時刻巳夕曛廻瞻下山俱刻山下路但見牛羊群樵子塯相失艸蟲寒不聞衡門猶未掩佇立待宋刻望夫君

李氏園臥疾元刻李氏園林

我愛陶家元刻潛趣林園無俗情春雷百卉坼寒食四隣清伏枕嗟公幹歸田宋刻山羡子平年年白社客空滯洛陽城

遊景空蘭若宋刻不載元刻遊景光寺

龍象經行處山腰度石關屢迷青嶂合時愛綠蘿
閒宴息花林下高談竹嶼間寥寥隔塵事疑是入
雞山

武陵泛舟 宋刻不載

武陵川路狹前棹入花林莫測幽景裏仙家信幾
深水迴青嶂合雲渡綠谿陰坐聽猿啼嘯彌深塵
外心

夏日辨玉法師茅齋 宋刻不載

夏日茅齋裏無風坐亦涼竹林深 時刻新 筍穊 時刻穉

籐架引稍長燕覓巢窠處蜂來造蜜房物華皆可翫花藥四時芳

山中逢道士雲公〔宋刻不載元刻無雲公〕

春餘艸木繁耕種滿田園酌酒聊自勸農夫安與言忽聞荆山子時出桃花源采樵過北谷賣藥來西村村煙日云夕榛路有歸客杖策前相逢依然是〔時刻自〕疇昔邂逅歡覯止殷勤敘離隔謂余轉〔時刻摶〕扶桑輕舉振六翮奈何偶昌運獨見遺艸澤既笑接輿狂仍憐孔丘厄物情趨勢利吾道貴閒寂

偃息西山下門庭罕人跡何時還清溪從爾煉丹液

憶張野人（元刻時刻俱作題張野人園廬時無張字）

與君（元刻客）園廬竝微尚頗亦同耕釣方自逸壺觴趣不空門無俗（元刻甯）士駕人有上皇風何處先賢傳唯稱龐德公

田家元日

昨夜斗回北今朝歲起東我年已強仕無祿尚憂（宋刻惟尚）農桑野就耕父（俱刻野老就耕去）荷鋤隨牧童田家

占氣候共說此年豐

采樵作

采樵入溪山山溪樹（俱刻水）重疊橋崩臥槎擁路險

垂藤接日落伴將稀山風拂薜（元刻蘿）衣長歌負輕

策平野望煙歸

澗南園即事貽皎上人（元刻無貽皎上人四字）

弊廬在郭外素產（時刻業）惟田園左右林野曠不聞

城（宋刻朝）市喧釣竿垂北澗樵唱入南軒書取幽棲

事還尋靜者論（元刻言）

仲夏歸漢南園寄京邑舊遊（元刻歸南園寄京邑耆舊）

嘗讀高士傳最嘉陶徵君日耽（時刻耽）田園趣自謂

義皇人余復何爲者栖栖徒問津中年廢丘壑十

上（時刻上國）旅風塵忠欲事明主孝思侍老親歸來當

炎夏（時刻曰炎暑）耕稼不及春扇枕北窗下采芝南澗

濱因聲謝同（俱刻朝）列吾慕潁陽眞

家園臥疾畢太祝曜見尋（元刻家園臥病舊遊見尋時刻無曜）

字

伏枕舊遊曠筌歌（宋刻筌）勞夢思平生重交結迨此

令人疑氷室無暖氣炎雲空赫曦隙駒不暫駐日聽涼蟬悲壯圖衰（時刻竟）未立班白恨吾衰夫子自南楚緬懷嵩汝期顧予衡茅下兼致稟物資脱分趨庭禮殿勤伐木詩脱君車前鞅設我園中葵斗酒須寒興明朝難重持（顧予下八句元刻時刻俱缺）

白雲先生王迥見訪（俱刻王迥見尋）

閒歸（俱刻歸閒）日無事雲臥晝不起有客款柴扉自云巢居子居閒好花木（宋刻芝木）采藥來（時刻夾）城市家在鹿門山常遊澗澤水手持白羽扇腳步青芒履聞

道鶴書徵臨流還洗耳

姚開府山池宋刻不載

主人新邸第相國舊池臺館是招賢闢樓因教舞開軒車人已散簫管鳳初來今日龍門下誰知文舉才

美人

美人分香

艷色本傾城分香更有情髻鬟垂欲解眉黛拂能輕舞學平陽態歌翻子夜聲春風狹斜道含笑待

逢迎

閨情宋刻不載

一别隔炎涼君衣忘短長裁縫無處等以意忖情量畟瘦宜傷窄防寒更厚裝半啼封裹了知欲寄誰將

賦得盈盈樓上女

夫壻久别離靑樓空望歸粧成卷簾坐愁思嬾縫衣燕子家家入楊花處處飛空牀難獨守誰爲解

報宋刻金徽

春怨 宋刻意

佳人能畫眉粧罷出簾帷照水空自愛折花將遺誰春情多艷逸春意倍相思愁心極楊柳一動特刻種亂如絲

寒夜 宋刻不載

閨夕綺窗閉佳人罷縫衣理琴開寶匣就枕臥重幃夜久燈花落薰籠香氣微錦衾重自暖遮莫曉霜飛

早梅 宋刻不載

園中有早梅年例犯寒開少婦爭攀折將歸插鏡
臺猶言看不足更欲剪刀裁

春情 宋刻不載

青樓曉日珠簾映紅粉春粧寶鏡催已厭交歡憐
枕席相將遊戲遶池臺坐時衣帶縈纖艸行即裙
裾掃落梅更道明朝不當作相期共鬬管絃來

時令

長安早春

關戍惟東漠宋刻井元刻漢城池起北辰咸歌太平日共

樂建寅春雪盡春山樹氷開黑水濱艸迎金埒馬花伴玉樓人鴻漸看無數鶯歌聽欲頻何當桂枝擢（宋刻遂榮擢）歸及柳條新

九日（一刻九日得新字）

九日（元刻初九）未成旬重陽即此晨登高聞（特刻尋）故（宋刻古）事載酒訪幽人落帽恣歡飲授衣同試新茱萸正可佩折取寄情親

初秋（見元刻宋刻時刻俱不載）

不覺初秋夜漸長清風習習重淒涼炎炎暑退茅

齋靜階下叢莎看露光

拾遺凡宋元本不兼載或止見時刻而無分類者悉編次爲拾遺并附張子容二首王維一首

同張明府清鏡歎元刻拾遺宋刻無

妾有盤龍鏡清光常晝發自從生塵埃有若霧中月愁來試取照坐嘆生白髮寄語邊塞人如何久離別

涼州詞元刻拾遺載一首宋刻無

渾成紫檀金屑文作得琵琶聲入雲胡地迢迢三

萬里那堪馬上送明君

又

異方之樂令人悲羌笛胡笳不用吹坐看今夜關
山月思殺邊城遊俠兒

庭橘

明發覽羣物萬木何陰森凝霜漸漸水庭橘似縣
金女伴爭攀摘摘窺礙葉深竝生憐共蔕相示感
同心骨刺紅羅被香粘翠羽簮擎來玉盤裏全勝
在幽林

臘月八日於剡縣石城寺禮佛宋刻有元刻無

石壁開金像香山倚時刻繞鐵圍下生彌勒見廻向一心歸竹栢禪庭古樓臺世界稀夕嵐增氣色餘照發光輝講席邀談柄泉堂施浴衣願承功德水從此濯塵機

與白明府遊江宋刻有元刻無

故人來自遠邑宰復初臨執手恨爲別同舟無異心沿洄洲渚趣演漾絃歌音誰爲時刻識躬耕者年年梁甫吟

崔明府宅夜觀妓（宋元刻俱不載）

白日既云莫朱顏亦已酡畫堂初點燭金幌半垂羅長袖平陽曲新聲子夜歌從來慣留客茲夕爲誰多

峴亭餞房琯崔興宗（時刻宗之宋刻有元刻無）

貴賤平生隔軒車是日來青陽一覲止雲路（時刻霧）豁然開祖道衣冠列分亭驛騎催方期九日聚還待二星迴

送元公之鄂渚尋觀主（時多張縣鸞三字宋有元無）

桃花春水漲之子忽乘流峴下離[時刻作辭]蛟浦江中[時刻邊]問鶴樓贈君青竹杖送爾白蘋羞[時刻洲]應是神仙子[時刻輩]相期[時刻逢]汗漫遊

白雲先生迴歌[宋刻有元刻無時刻多王字]

屈宋英聲今止巳[一刻巳矣]江山繼嗣多才子懷[一刻作]者于今盡[一刻亦]相似聚宴王家其樂矣[一刻止]共賦新詩發宮徵書于屋壁彰厥美

登峴山亭寄晉陵張少府[宋刻有元刻時刻俱不載]

峴首風湍急雲帆若鳥飛憑軒試一問張翰欲來

歸

田家作 時刻田園作宋刻元刻俱不載

弊廬隔塵喧惟先養恬素卜鄰勞三徙或刻徑植果盈千樹粤余任推遷三十猶未遇書枕或刻劍時將晚丘園日空莫晨興自多或作日夕懷晝坐常寡晤沖天羡鴻鵠爭食羞或刻嗟雞鶩望斷金馬門勞歌采樵路鄉曲無知已朝端乏親故誰能為楊雄一薦甘泉賦

同張將薊門看燈 已下諸首俱見時刻宋元俱不載

異俗非鄉俗新年改故年薊門看火樹疑是燭龍燃

張郎中梅園作

綺席鋪蘭杜珠盤忻芰荷故園留不住應是戀絃歌

送張郎中遷京

碧溪常共賞朱邸忽遷榮預有相思意聞君琴上聲

尋菊花潭主人不遇

行至菊花潭村西日已斜主人登高去雞犬空在
家

送告入從軍

男兒一片氣何必五車書好勇方過我才多便起
予運籌將入幕養拙就閑居正待功名遂從君繼
兩疏

唐城館中早發寄楊使君

犯霜驅曉駕數里見唐城旅館歸心逼荒村客思
盈訪人留後信策蹇赴前程欲識離魂斷長空聽

雁聲

送席大

憯爾懷其寶迷邦倦客遊江山歷全楚河洛越戍周道路疲千里鄉園老一丘知君命不偶同病亦同憂

送賈昇主簿之荆府

奉使推能者勤王不暫閒觀風隨按察乘騎度荆關送別登何處開筵舊峴山征軒明日遠空望郢門閒

和賈主簿弁九日登峴山

楚萬重陽日群公賞燕來芙乘休沐暇同醉菊花杯逸思高秋發歡情落景催國人咸寡和遙愧洛陽才

宴張別駕新齋

世業傳珪組江城佐股肱高齋徵學問虛簿濫先登講論陪諸子文章得舊朋士元多賞激衰病恨無能

齒坐呈山南諸隱

習公有遺坐高在白雲陲樵子見不識山僧賞自知以余爲好事攜手一來窺竹露閒夜滴松風清晝吹從來抱微尚況復感前規於此無奇策蒼生奚以爲

同獨孤使君東齋作

郎官舊華省天子命分憂襄土歲頻旱隨車雨再流雲陰自南楚河潤及東周廨宇宜新霽田家賀有秋竹間殘照入池上夕陽浮寄謝東陽守何如八詠樓

洗然弟竹亭

吾與二三子平生結交深俱懷鴻鵠志共有鶺鴒心逸氣假毫翰清風在竹林遠是酒中趣琴上偶然音

張七及辛大見訪

山公能飲酒居士好彈箏世外交初得林中契已并納涼風颯至逃暑日將傾便就南亭裏餘樽惜解酲

遊鳳林寺西嶺

共喜年華好來遊石水閒煙容開遠樹春色滿幽山壺酒朋情洽琴歌野興閒莫愁歸路暝招月伴人還

陪獨孤使君同與蕭員外證登萬山亭

萬山青嶂曲千騎使君遊神女鳴環佩仙郎接獻酬遍觀雲夢野自愛江城樓何必東南守空傳沈隱侯

贈道士參寥

蜀琴久不弄玉匣細塵生絲脆絃將斷金徽色尚

榮知音徒自憎聾俗本相輕不遇鍾期聽誰知鸞
鳳聲

送王大校書

導漾自嶓冢東流爲漢川維桑君有意解纜我開
筵雲雨從茲別林端意渺然尺書能不恡時望鯉
魚傳

洞庭湖寄閻九

洞庭秋正闊余欲泛歸船莫辨荊吳地唯餘水共
天渺茫江樹沒合沓海湖連遲爾爲舟檝相將濟

巨川

送孟六歸襄陽（見宋本） 張子容

東城相逢地，西亭送別津。風濤看解纜，雲海去愁人。鄉枉桃林岸，山連楓樹春。因懷故園意，歸與孟家隣。

又

杜門不復出，久與世情疎。以此爲長策，勸君歸舊廬。醉歌田舍酒，笑讀古人書。好是一生事，無勞獻子虛。

憶孟六 見宋元刻　王維

故人今不見日夕漢江流借問襄陽老江山空蔡州

余藏襄陽詩甚多可據者凡三種一宋刻三卷逐卷意編不標類目共計二百一十首一元刻劉須溪評者亦三卷類分遊覽贈答旅行送別宴樂懷里田園美人時節拾遺凡十條共計二百三十三首一弘治間關中刻孟浩然集卷數與宋元相合編次互有異同共計二百一十八首至近來十二家唐詩及王孟合

刻等或一卷或二卷或四卷詮次寡多本本淆譌予悉依宋刻以元本閩中本參參附以拾遺共得二百六十六首間有字異句異先後倒者分註元刻其今刻其不敢臆改云湖南毛晉識

孟襄陽集卷第三 終

ISBN 978-7-5010-6427-4
9 787501 064274 >
定價：75.00圓